AF416162

Correspondencia de invierno

Ariel Hidalgo Brenes

Editorial EVA

CORRESPONDENCIA DE INVIERNO

Editoras en Jefe: Las hermanas Argueta (L.H.A.)
Heredia, Costa Rica.
Primera edición digital producida en Costa Rica: mayo, 2017.
ISBN: 978-9930-9603-1-8.

Comentarios sobre el contenido de este libro o su edición a:
editorialevapap@gmail.com

Índice

Día primero

¿Recuerdas la primera vez que me hiciste escuchar esa canción?

Luego la pasabas repitiendo día tras día, así fueran las 5 de la madrugada o las 6 de la tarde. Fuerte cantabas y, de pronto, te detenías para mostrarme una nube alta y una mariposa amarilla. Era una pequeña condena.

Y ya ves, hoy suena suavecito en el fondo. Ahora es distinto. Las cosas pasan. Todo cambia. Todo dura un poco más de lo que debiera. Lo efímero da felicidad y tristeza a la eternidad. O eso dicen.

¡Joder, cómo pasa el tiempo! ¿Dónde nos ha puesto el mundo? ¿Estarás viva? ¿Estaré vivo?

No soy de roca, desde luego siento, ¡y soy tan mediocre en estos asuntos! Decías que tenía algo que ver con el viento, puede ser. ¿Acaso se duda de dudar?

¿Cómo te lo puedo decir? Antes no le daba importancia a la opinión pública, ahora menos. Con el pasar de los años entendí que todos defienden su propio pellejo, que también son débiles y terriblemente sentimentales, todavía más cuando el amor llama a sus puertas, sólo que son ellos mismos quienes disfrazan el hecho de estar "solos". Todos se engañan y se mienten, así es esto de bruto: burbujas frágiles hechas con el corrosivo de algún paupérrimo metal.

Quizá este andar nos ha vuelto rígidos y pensamos que somos intocables, pero no es así. Todos sienten, todos ríen, todos ven el cielo y por la noche beben vino, hacen el amor con riguroso cuidado, buscan abrigo en el ala perdida, calor en el daño que nadie siente, y queda lo que se sufre como una gota que se sabe única pero luego se derrama, cae, llora un poco y agoniza, un poco también como el último rayo del sol en la mirada.

No es que me sienta mal, es que considero mal el sentirme así, como un péndulo que no sabe dónde irá a acabar. Pasa que un día todo vuelve a cambiar, pero a lo mejor ese día ya no estemos donde nos sentábamos a ver caer el atardecer y, en el fondo, a esperar el lento paso de las horas, puede que estemos donde ya nadie nos acompaña, y quizá sea aquella melodía la única que esté junto a nosotros.

***

A un retrato de mujer

Ahí te veo. Estás ahí, libre. Así, suprema. Me gusta verte así, radiante, con dos luceritos en los ojos, bailando la suavidad de tu piel y el perfume de tu cabello.

—Después de todo, ese es el precio que hay que pagar, ¿no?

Un poco de soledad está bien, pero que nunca se vuelva ausencia, porque la ausencia es ya en sí una espera y esperar así es la forma más absurda en que las cosas nos pueden llegar a doler. Al final, son los dos lados del puñal. Hay que recordar utilizarlo con consideración. Cuando se utiliza en contra de un sólo lado también afecta al otro, ya sabes, como las cosas de moda, el ying y el yang, el karma, el posmo.

Tú vuelas, bailas y cantas libre, alegremente libre, mas nunca te aferres a la incomodidad de los seres, porque los humanos somos frágiles (y estúpidos) y en muy pocas ocasiones mostramos realmente quiénes y lo que somos. Nos engañamos a nosotros mismos con un increíble virtuosismo y creemos estar en lo correcto, como si estar en lo correcto fuese importante. Dentro de nuestro ser, todos compartimos la misma estupidez. Con el tiempo lo entenderás.

Sí, con el tiempo, es el único que al pasar nos muestra la verdad de las cosas.

Pero tú, oh mujer que estás ahí detallada, vive con pasión la libertad, pues todo es pasajero, es apenas un instante como cuando con ternura abres tus ojos y los vuelves a cerrar, como un beso que se esperó a darse por mucho tiempo hasta que por fin los labios se encontraron.

Quizá sea más simple como el aire necesario para vivir, o un ave azul y una nube amarilla en lo alto de un cielo al anochecer, o un barquito que se va a lo lejos, es justamente así.

Dura poco, la vida quiero decir, por eso has de aprovechar el privilegio que te otorgaste: la libertad.

No permitas que tus enormes alas de ave del paraíso, que buscan siempre nuevos horizontes, toquen la avaricia de impuros suelos. Busca de los manantiales la mejor fuente donde hemos de beber.

¡Ve! ¡Anda, canta, baila y vuela! ¡Sé tú misma! ¡Eres fortísima!

¡Sigue siendo hermosa y sencilla! ¡Sé libre! Pues así me gustas. Pues por todo esto te quiero.

Pero, ¡por favor!, no te quedes solo con estas palabras, ve ahora mismo a todos los lugares donde reclaman tu presencia. ¡Anda ahora mismo! ¡Libérate de ahí! ¡Sé la pintura fresca!

***

Imaginario

¿Por qué me llamas en sueños, en el sonido tímido de la ausencia, justo ahí donde no soy yo, donde nada puedo hacer? ¿Por qué así? Siempre así.

Durante el día o la noche, ahí estás, te escucho y te sigo. Esa voz de entre lugares profundos es tu misma voz que se extiende como largos brazos que me sujetan y me llevan, pero no hablas, solo entiendo tus gestos, tus manos, tus ojos que dicen y te entiendo, mueves tus manos, es una sentencia, sonríes. Pero, ¿dónde está el lugar al que me invocas?

Aprendí a sentirte más allá de la piel, esta piel que se deteriora con el tiempo, a estar del otro lado de mi existencia, a sacarme el alma cuando lo considero innecesario y dejarme ir sin encontrar salidas.

No te puedo yo querer así, cual ejercicio de rutina, o una variación corriente de algo cotidiano y podrido. No sabríamos qué hacer con ese sentimiento tan confuso, tan humano.

¿Amar? Tendremos entre los dos que buscar la salida hasta alcanzar la libertad. Una libertad que va más allá de lo real y detalladamente fijo, de todo eso semejante a un destello de luz puesto en un cuarto cerrado y oscuro, librarnos de una sola vez de todo lo que nos impide ser, lo que no nos deja unir el alma con el espíritu.

Me dejo llevar por ti. Por eso las otras voces me resuenan tan vacías, tan contrarias, similares y repugnantes.

Tú eres y eso me lleva a estar tan delicadamente cerca de ti y antagónicamente lejos de mí, a pesar de que estás donde dejo de ser yo o el ego. Trato de tocarte y en vano pregunto ¿dónde? ¿A dónde debo ir? ¿Dónde estás?

Pero no respondes. Sonríes con esa fatua esperanza y entiendo ese último gesto. Me alegro tanto de que hayas vuelto, de que estés ahí y me guíes o me arrojes hasta las más convulsas interpretaciones de nuestro ser.

***

Le Roulette

A ver. Debemos aclarar algo, ¿por qué era él siempre el incomprendido?, como en esa película que vimos la otra noche. Ese sujeto al que le iba mal, el que sin querer volteaba la página y se repetía la escena en la siguiente, al que le tocaba botar las cenizas y volver a llenar el cenicero con lo mismo, al que al dar el paso siguiente se devolvía, al que aplastaba la noche con su silencio.

¿Por qué era a él? Si fue ella. Sí, exactamente, la que puso tanto llenando consigo la terrible miseria de la nada. No lo abstracto, sino todo en carne, sudor, en sombra viva y caliente. No eran las imágenes psicológicas baratas que produce el pensamiento vacío, era ya, más bien, el verbo hecho carne amotinada y desperdiciada; y esas miles de palabras, las dichas y las que con dudas se callan, minuto tras minuto, creándole ese mundo ficticio pero tan arraigado a la realidad, ese cielo negro y frío de las noches, la casa de enfrente vacía, el cabello largo y suelto, el aroma a tierra seca, el ladrido de los perros por las tardes, la pequeña gota de sereno que enfría los pies y el pecho, la taza de café por la mitad puesta con cuidado en el escritorio, el lápiz amarillo puesto al lado de la máquina, los libros desacomodados en la biblioteca, los zapatos y las ropas de entre semana, las preguntas torpes resueltas días después por alguna circunstancia propia y aparente, las copas de vino quebradas luego de alguna reunión amena, los viajes de existencia, la soledad escogida minutos después de llegar tarde a casa, las canciones de Sabina o Spinetta. Es todo por cuanto le rodea parte de la realidad, a lo mejor esa realidad alterna creada por la sociedad, por la exclusividad al momento en que se adopta una forma de vivir, y por unos cuantos factores externos como ese vicio absurdo antes de acostarse. La invisibilidad de una silueta que crea un aspecto de muerte, esa ilógica razón de no saber qué o cómo o cuándo y, hasta ahora, por quién. Quedaba ese enorme agujero negro entre lo tocable y lo sentido.

Él sabía que todo podría ser igual sin ella o sin él.

Todo llegaba siempre a un mismo punto en parte, muerto, no se pensaba más, se intuía en lo mismo en que se deducía desde un principio, lo que no le permitía girar la rueda y dar con la sutil sincronización de lo inefable. Luego lo descubre y lo descifra, ahí en la detallada persuasión, en el momento cúspide de la interpretación y el entendimiento, la ruleta se detiene y los relojes puestos en varias partes comienzan a marcar horas diferentes. Él se levanta a percibir cómo todo está quieto, un abrir y cerrar de ojos más tarde y ya las horas marcadas no se entienden, entonces, la ruleta gira completamente desbordada señalando distintas direcciones, distintos espacios y distintos seres. Él camina hasta el espejo, se detiene y no ve a nadie más, únicamente a él.

***

Algunas luces

Cómo decirte tantas cosas que yo no sé y que tú sabes de sobremanera, porque son tuyas y me las regalaste como se obsequia un gato envuelto en papel de colores. Las pusiste en forma de incertidumbres y suspiros que aparecen de la nada cuando se buscan un par de calcetines o en el momento después de terminar un examen de idioma en la facultad. Aquellas como tu voz, tu tacto, tu mano sobre la mía, tu libertad, el aroma juvenil y puro de tu existencia, tu cara y este sentimiento que pausado sube hasta la cabeza.

Y yo sigo el juego, no por jugar sino para encontrarte, y cuando ya estoy a punto de acercarme te vuelves a ir lejos. De vuelta reordeno los papeles, las miradas, los caminos, los espacios y los tiempos y vuelvo a empezar de nuevo, pero ahora con una inevitable cercanía.

Doy un paso y espero. Das un paso y nace la ilusión, y cuando vuelvo a empezar creo que de lejos algo me mata y aunque la muerte respire, es la vida quien se encuentra revoloteando bajo tu blusa dentro de tu pecho.

En cada cosa está tu cara y cuando trato de decir tu nombre, un golpe de viento me roba la palabra, y cuando de lejos imagino tus cabellos llega aquel perfume de noche que me pone a discernir irónicamente sobre lo que creo y entonces en esa noche, aunque arda el deseo, ya no hay besos.

Ahora bien, cómo creer que sé de ti, si en realidad eres tú la que me sabes tan bien. Y es entonces en este pensamiento cuando pierdo las pistas, las huellas y los rastros. Propongo un juego y vuelvo a empezar de nuevo. Ahora en cada intento eres otra. Ya has cambiado a como te imaginaba y te creía. Cuando intento tocar tu delgada silueta es el sonido de un triste violín sin acompañamiento que se va quedando callado de a poquitos, como cuando se han ido apagando las luces de la mañana.

***

Enlace

Si pudieras apreciar esta noche. No están ya los murmullos que repiten las voces. Es de noche. Sé que es de noche, pero nada hago con saberlo si nadie responde. No importa. Nada importa. Aunque a este sentir le importe. Es torpe, lo sé, como también sé que algo cerca se rompe, así penetrado y profundo. Sin embargo, no es justo comparar a quien le importe y a quien no le interese tener que soportar esta noche.

Ahora se desordena el tiempo, al igual que ayer que vi cómo varias aves morían al ras del agua y se ahogaban. En cualquier caso, eso ya es pasado: aves muertas. Por su parte, en este oscuro instante no se siente el viento, pero éste con su brutalidad mueve las sombras. En este inmortal segundo de esta noche oscura, el olvido entre sus desperdicios a los espíritus les paga y les cobra.

¿Será este signo, ahora que lo pienso, una frontera de la memoria o es sencillamente lo que al tiempo nunca le sobra?

Nada parece extraño, incomprendido quizá, pero tú lo sabes, hay temas de los que se prefiere no hablar, a nadie le importa en todo caso, pero, ¿cuánto de lo dicho no es en vano?, es como tirar de Le Roulette pensado en que se va a ganar, pero no es así, no todo es un juego en el que se cree perder para ir ganando.

Lo que ocurre es que este sentir me trae pensando en lo humillante de ocultarse. Es "normal", pero no para mí, hay quien elige escaparse, lo digo por la variedad tan amplía de enlaces, por imaginarme estas alteraciones espacio temporales, que transformándose llegan a ser apenas tolerables.

Y tanto. ¿A quién le importa? A mí, individualmente, pero sólo en parte.

Por consiguiente, despedida aparte, no vaya a ser que nos encontremos como agujas recién esparcidas sobre este frágil universo perturbable.

Ahora me despido. Antes era tarde.

Pues ya se acerca junto al alba el brillo de mi soledad y se desvanece el caos de esta noche, enlazando la profunda memoria de la ausencia.

***

Muchacha

"Corazón de tiza"
Spinetta.

Llega triste este pensar cuando recuerdo.

Recuerdo tus largos cabellos negros moviéndose como fieras en la eternidad, nada los detenía. Tu sonrisa muchas veces desconsolada, muchas veces alegre, a veces lejana, pero siempre allí, en ti, nada ni nadie la borraba.

Eres pequeña, a estatura me refiero, pero eras enorme cuando te sentía a mi lado. A tu lado todo se volvía pequeño, las cosas eran más fáciles. Sigues siendo enorme ahora que recuerdo.

De ti venía la paz, la calma, la serenidad en cualquier situación. Tu presencia volvía carbón a mis demonios. Tus ojos moviéndose feroces detrás de los cristales perseguían las nubes, el andar de las gentes, la mano que se pierde en el horizonte; tus ojos deliciosamente cafés como robados de los misterios del bosque.

Eras así de un lado al otro, no te detenías, no parabas, estabas pendiente de todo, al tanto de todo, disimulabas las desilusiones, pero te reponías diez veces más fuerte. Como aquella vez que escuchaste que después de la vida no hay nada más que muerte, y no sé de dónde saqué las fuerzas para calmarte, te quedaste dormida y luego te dirigiste a tu clase de baile.

Por aquel entonces los golpes eran pocos, pero eran, y tú siempre fuerte, sonreías, cantabas y bailabas con gracia, te detenías de golpe y tus labios vivos carnosos decían: ¡Malditos sean los corazones que en pechos se acobardan!

Muchas veces cuando la tarde caía y dolía la rutina, vivíamos con tan poco, pero es cierto, en ese poco había tanto, entonces te sacabas los anteojos de encima, los ponías junto a los libros de Kundera, ojeabas los de Cortázar y sacabas el Canto General de Neruda; te leías un par de líneas. Ver aquel ritual era sorprendente. Recuerdo una noche en que acomodados en la cama comenzaste a recitar con tal ímpetu La lluvia, cuando llegaste a *"Ámame dormida y desnuda, que en la orilla eres como la isla: tu amor confuso, tu amor asombrado, escondido en la cavidad de los sueños, es como el movimiento del mar que nos rodea"*, te interrumpí: *"Y cuando yo también vaya durmiéndome en tu amor, desnudo, deja mi mano entre tus pechos para que palpite al mismo tiempo que tus pezones mojados en la lluvia"*. Pude ver la alegría en el brillo de tus ojos pues siempre creíste que no, que mis gustos no abarcaban al chileno, luego hicimos el amor con una benevolencia pura, algo como ángeles que se han fugado del paraíso. A la mañana siguiente llovía un poco, el día estaba frío y oscuro, le diste un sorbo al café. Era domingo, repasabas los apuntes, y de repente me dijiste aquel verso que juntos construimos y dejamos plasmado en el libro de la Maga: *"París, París, le belle París! / Que no llegue la primavera si no estoy junto a ti"*.

Luego, tarareabas unas canciones mientras te alistabas para aquellas despedidas nocturnas en que volvías a tu casa, aquellas en que antes del beso ya habías ordenado mis libros, mis apuntes que siempre andaban perdidos por la pieza. Pasaban lentos y acurrucados los instantes venideros hasta que llegaba el taxi y te veía partir. Jamás quise preguntar más allá. Aquello era un sinónimo de la libertad mutua: conscientes de volver a encontrarnos al alba siguiente.

Eras así. Totalmente distinta, única con tus cosas únicas, libre como la brisa que cala en los sueños, pequeña y frágil, tierna y fuerte. Eras tanto, tanto que dejaste, tanto que me enseñaste, tanto que soy. Ahora, ¿cómo poder decir que eso sigue estando igual?, si hace tanto que mi alma busca en otras partes tu mirada, y es que hasta duermo sin siquiera saber si volveré a ser íntimo cómplice de los primeros rayos del despuntar de la madrugada.

***

Juego de abalorios

Parecía ayer un delicado y sumamente preciso rompecabezas: el café en la banca del parque, sacarme el frío con dos sorbos, la nube que cayó inoportuna con el atardecer, la cucaracha aplastada por gusto y descuido, gentes y sus caras, un autobús que seguía a otro, un coche y otro, serpientes y más serpientes, el reloj detenido en la catedral, el mar de piernas aceleradas, saludos y gestos. Todos, distintos, cumplían su razón más allá de una explicación válida, encajaban pieza tras pieza, pero faltaban dos, yo ya contaba con una, faltaba una más.

Me resulta inconforme tratar las cosas como segmentos, como piezas del tablero, incluirle sin incluirme; ver las diferencias desde tantos ángulos, como el café que tomaba, caliente recién y se helaba minutos después; como, por ejemplo, perder el principio del "todo" y hallar un fragmento de "algo". En todo caso, a lo que estoy determinando como "todo" y "algo" son únicamente dos piezas. Variables, nobles, tan sólo dos sencillas piezas. Y eso justamente es lo que me duele, ser consciente de que para mí no son solamente dos piezas.

Me agota considerablemente ponerle mucha cabeza a asuntos que pasaron, como el ayer o el mañana, como entrar y descubrir que una sola pieza justifica a las demás, y sentir cómo otras piezas recaen paulatinas y frágiles sin tocar a tantas otras, pero cambiándolas y permitiéndoles dejar de ser.

Te resultará gracioso, lo sé. Te encantan estas cosas: los juegos de abalorios. Pongamos en esa línea, por una parte, a la lluvia (que como decía Borges, es una cosa que sin duda sucede en el pasado), entonces, ya tenemos tiempo, luego tenemos el espacio temporal de una tarde, lo demás son piezas y más piezas, tantas piezas que complementan la secuencia. Ahora, sin embargo, ¿qué ocurre con las piezas faltantes en un principio? Esas piezas únicas salen del tablero y destruyen la secuencia. No en vano, ahí no acaba el juego. Lo que allí ocurre es que en ese entonces las piezas, que tan bien conocíamos, no se volverán a llamar "usted" o "yo", sino "nosotros" y "somos".

***

Abriles de la memoria

Quizá este fue uno de los peores abriles que se han vivido.

Fue trágico, triste, frío y difícil. Este abril, la tranquilidad no fue dormir una tarde con aguacero. No fue simplemente mojarse y reír de manera estúpida. No fue dedicarse a observar la lluvia que cae como quien se llena de memorias. No lo fue, sin lugar a dudas. Fue salir de la armonía. Fue un torrente que destruyó el corazón. Fue una habitación oscura en la que se desbordaba un roto lagrimal. Fue romper inútiles ilusiones y sacar del pecho toda la descomposición.

Es cierto. Quienes verdaderamente han estado ahí lo saben. Saben y comprenden mis palabras.

Madrid seguía cansado, volvían a hospitalizar al Gabo, Siria ardía, se dictaban estúpidas leyes, Dios no volvía a la Tierra, África continuaba hambrienta, los amantes dejaron de estar enamorados, París resfriado, San José se deprimía, tristes niños y niñas de Ucrania se escondían, el Sur no nos respondía, la inmensa luna se desangraba, brotaba el virus, dejamos de ser niños, el mundo se suicidaba, la lluvia no se detenía.

Al fin y al cabo, esto no es nuevo. Años atrás, lo meses han venido cambiando, ya no volverán a ser lo mismo. En alguna ocasión, ella me dijo que en eso consistía vivir, creo que así viene siendo: vivir. Vivir aún más intensamente. Levantarse herido y seguir con el peso del mundo a las espaldas como un maldito titán.

A pesar de todo, abril tuvo sus colores, sus delicadezas y sus caprichos, sus dolores de parto y sus compromisos.

Abril abrió una luz y una esperanza. Trajo agua al desierto. Vino con unos ojos color miel, largos y sedosos cabellos de mujer. Vino con perfumes, rosas y flores que se movían junto al viento. Supo de un rostro y sabias palabras de una chica que baila, supo de poemas escritos en la piel de la princesa, de viejas canciones que vuelvo a repetir como si fuesen nuevas.

Abril sacudió un corazón lleno de negro polvo. Abrió las ventanas. Dejó risas grabadas, imágenes de viajes y alegrías con las amistades.

Al final es cierto que todo depende del equilibrio, que las cosas penden no más que de un sólo hilo.

Llegó mayo. ¿Quién se queda en casa en mayo? La soledad, tal vez.

No lo sé.

Gira la moneda. Vuelvo a andar. Llueve. Hay nubes. Allí siempre está el sol y esa luz que se quiere ver, es posible, pues ahí ha estado.

—¿Alguna vez te has preguntado cómo me siento?

Te espero. Preparo el té. Te escribo una carta. Suena el disco de Ismael.

Un beso. Nos vemos, o…

Apenas empieza el invierno.

***

Lágrimas de atardecer

Los papeles estaban listos. Te irías junto con el último autobús que llegaba al centro. Estaba puntual como pocos, sufriendo con la mirada perdida bajo el sombrero, probándome chistosos trajes que nunca compraría. ¿Cómo lo íbamos a saber? Tú con adornos en el pelo y entre tus manos mi corazón hecho un nido.

Era típico, las seis de la tarde y la oscuridad haciendo de las suyas, alborotando los reflejos, algo estaba inquieto haciendo desastres en los corazones y abochornando a los pensamientos. Las torpes luces de la ciudad igual que siempre se entrometían por entre mis anteojos y tus pupilas, te sujeté la mano, te dije:

—¿Me dejarás? ¿Luego de aquí, no hay más?

El tímido rayo del sol se quemaba en el asfalto y los latidos se mezclaban con el bullicio desesperado.

Deseé poder mirarte a los ojos, y para empeorar el asunto, me dijiste:

—No es el momento—. Lo que no sabías es que ya no habría más momentos.

No precisaba hablar de amor, del sentimiento, de lo que pasaría luego, porque lo sabíamos, lo sabíamos muy adentro: al final, el dolor nos haría entender tanto desconcierto.

Llegó el momento, tomaste tus cosas, el tiquete en el bolsillo trasero, recogiste el corazón y nuestras almas duplicadas hacia el infinito. Abundaban las lágrimas para tan jodida ocasión, dijiste:

—¡Tengo miedo! Miedo de perder y de perdernos—, y se quedó un ángel dormido en mi garganta. Desmesurados pensamos de que ya todo estaba hecho, de que era injusto, y que era ajeno.

La lenta espera de despedirse entristecía nuestro alrededor como mueren las cosas en un profundo gris masticado por el dolor. Y sin más, sin beso, sin un socorrido "hasta luego", sin drama, sin nada, sin un urgente: "te espero".

—Ya no hay vuelta atrás —dijiste—. Y la intuición reconocía la mentira de los finales verdaderos.

Sin querer mirar, te despedías por la ventanilla, pero los dos sabíamos que la historia no se terminaría, que vendrían otros sueños, otros futuros, otra familia, dos niños, un gato y otra mascota, cajetillas de cigarrillos, libros muchos libros y varias botellas de vino que te esperaban felices lejos de aquí desde hacía mucho tiempo.

No te he vuelto a ver. A veces me pregunto si tú misma sigues con vida. Por eso te escribo esta carta, y no sólo ésta, deberías haber visto la montaña de papel que he quemado ayer.

Al igual que a la noche, espero a la próxima puesta del sol, para así sentir un poco de calor, tratando de sobrevivir mientras busco en un cajoncito si queda algo de corazón.

Sabes, es curioso, de un tiempo para acá me cuestiono en tomar el autobús que me lleva donde me espera la huida, el invierno que florece, el viento que sopla fuerte, amigos que de a poco desaparecen.

Ese mismo sitio donde crecimos, amamos y murieron los que enterramos. Ese lugar donde el día es cada vez más corto y la luna predilecta sigue siendo la única luz del verano. Allí donde tantas veces me han condenado a la hoguera. No me puedo quejar. Ese lugar donde el sol seca las hojas de tabaco y la lluvia hace antiguo el aroma a café, donde las fugaces luces que nos produce la leve ebriedad del vino nos recuerdan los brillos de las noches en San Telmo. Esta última impresión me hace pensar en si el Sur todavía nos espera, para huir, para escapar en alta mar. Esta duda constante como una nota que nos acosa en nuestra desnudez y nos da calor durante los segundos que dura el escalofrío.

Pero es que me arrepiento cuando recuerdo que al llegar no estarás, ni lo que fuimos, ni siquiera las huellas, ni la última luz, ni tus poemas. La vida acá me ha cambiado, la vida allá ha cambiado, las cosas que de niño se batían en nuestra cabeza ahora son monstruos feroces, existen, nos agreden con sus manos. El amor y los sentimientos han tomado direcciones múltiples con varios personajes e infinidad de hitos y, desde luego, no siempre ocurre de buenas a primeras. Es cierto que ha existido por ahí alguno que otro camino desesperado.

Nosotros con el tiempo hemos ido transformando lo hermoso que éramos. Sabes, resulta torpe hablar de un "nosotros", después de haber sido un todo.

***

Agua y luz

Si nos encontramos por casualidad un día de tantos en medio de la calle no me reconocerías ni yo sabría quién eres ni lo que has sido, es más, no sabríamos identificar quiénes somos. Entonces, tendríamos que volver a comenzar de nuevo, volver a hacernos y deshacernos indefiniblemente. Volver a construir rutas, sitios, nombres, olores, colores, sabores y sonidos, no ya siendo los mismos, no ya el mismo rostro ni la mirada ni la misma piel, no ya en definitiva lo que fuimos ni quiénes somos, hasta volver a encontrarnos inesperadamente sin necesidad de coincidir, hasta que las puertas se hayan clausurado y las ventanas se hayan despejado tantas veces que permanezcan abiertas, y esa serás tú y tal vez ese sea yo, o viceversa. En todo caso: ¿cómo podríamos saberlo?

Yo nunca pensé en llamarte así, de esta forma, y ya ves. Aquí nos encontramos aprendiendo el juego, velando madrugadas frías como el primer día,mirando el mismo cielo desde distintos lugares, cantando bajito esa canción con diferentes melodías. Siendo juntos, sin saberlo muy bien, apenas el hilito de agua que producirá la grieta por donde se filtrará el haz de luz que está detrás de este muro, o quizá no, quizá estemos del otro lado y no has tenido el coraje de decírmelo.

A veces pienso que a lo mejor uno de los dos puede que sea el agua y el otro la tibia luz dorada que ha conseguido penetrarla y ahora baila y la besa, moviéndose con lentitud sin detenerse, y entonces ahora el agua la abraza fuerte hasta volverse solamente el rastro de dos que han sido para hacerse lo que son y, en su interminable y bravío fluir, lo que serán.

***

Espejismos

Nunca sabré su nombre, no sabré ni su ir o su venir, el libro que leía, la canción que escuchaba, no escucharé jamás la melodía de su voz, me será difícil volver a intentar descifrar el misterio de sus ojos, el misterio de su color, su misterio de alegría y tristeza, difícil entonces intentar alcanzar lo desconocido.

Tengo una vaga memoria de un largo cabello lacio en moño y su desesperante color negro. La lenta memoria de unas manos pequeñas y delicadas, el mágico aroma que sentí al dar con su presencia. La memoria fugaz de una camisa de mezclilla azul que cubre la más íntima belleza y que deja ver, casi tímida, la suavidad de un cuello. Una memoria que me castiga, que desea ir más allá... y nada. Una memoria que se desprende en medio del silencio, que se va achicando en la oscuridad como el tenue resplandor de una vela.

Y tengo esto que no me sirve de nada, el ruido de mil voces que no se entienden, el movimiento sin sentido del mundo, el colapso nervioso generalizado, luces, luces y más luces, y la distancia y esto no me sirve. ¿Será entonces que me debo acercar? No lo sé.

Me detengo. Camino un poco y ahora me alejo.

Llueve, sé que llueve, sentí la lluvia y la escucho, escucho cómo las gotas se desprenden una a una de esa nube hasta tocar el suelo. Entonces, ¿quién era? ¿Cómo saber quién es en medio de tantos rostros, de tantas voces, de tanto vacío, entre tantos nombres, calles, colores, en medio del abismo entre mi universo y el suyo, entre tanta ida y vuelta? No lo sé, quizás nunca sabré quién era, y más importante todavía: ¿volveré a encontrarla?

Y ya está. Ahí va lentamente un destello de ilusión... se fue.

¿Cómo decidir si cerca o lejos?

Quizá mañana irá a su clase de francés —pienso—, o tal vez trabajará un poco en su última pintura, a lo mejor terminará el libro, quizá por la tarde irá a dar una vuelta al parque, tal vez vaya a clase de danza, quizá vaya al cine o al teatro a ver la última obra, o quizá no hará nada de esto.

Ya está la noche que se irá cerrando con sus cantos y así es como esta memoria sucumbe lentamente ante los matices de mi voz y duerme plácida en un frágil nido de quebrantos.

***

Polvo de amatistas

Girando en el éter continuamente me preguntaba si me recordarías. Estábamos demasiado cerca, y sin embargo, lejos en la vida. Calles, puentes, rostros y palabras que nunca te traían consigo. Había valentía para huir de todos los sitios y de los promiscuos momentos y, a pesar de eso, estaba la cobardía de preguntar, una pregunta solo, como el mismo miedo de abandonarlo todo y partir.

—¿Serás feliz?

Sin espera llegaba la tristeza en canciones, imágenes, en sueños, en recuerdos, pero nunca ninguno como los nuestros.

Venía una imagen tuya: tu cara y tus largos cabellos. Eso era la alegría, pero una alegría que duraba poco porque luego llegaba la nostalgia, y era más grande, traía la ausencia e invadía el mundo y ya nada volvía a ser lo mismo.

Eran aquellos días donde la mañana iniciaba incluso antes del primer rayo, antes de que cayera el pétalo de la última flor, también antes de que el pequeño laberinto de la realidad se llenara con la pálida luz azul y amarilla. Tardes donde el último eclipse del atardecer se perdía muy lejos en el horizonte. Aquel tiempo donde se comenzaban a apagar las promesas entre dudas y certezas.

Tardes, taciturnas tardes, en que se oscurecían la fuerza y la belleza de días únicos e irrepetibles.

La noche llegaba pronto, se observaba entonces apenas una tenue luz que se movía infinita y juguetona, que oculta en lo profundo desaparecía, quedando luego un vacío irremediable y el silencio de un ala blanca. Era tal aquel silencio y tan penosa la angustia, que en efecto era luego simplemente oscuridad y algo poco menos que nada.

Eso era solamente tiempo, un instante en la existencia, una trama, una brevedad inexplicable, una línea inexorable que iba creando un universo, galaxias y explosiones que generaban vida. Eso fue creciendo hasta volverse imparable, una luz mayor exigía su lugar y así siguió hasta convertirse en algo parecido a lo incierto, a una esperanza de regresar a un cambio mutable en lo eterno, una esperanza, aquello que durante la vida nombré existencia, a esta mínima e inigualable fracción total en el implacable tiempo, en la supremacía deteriorada de un sentimiento. Un instante permanente es incapaz de volverse olvido cuando se funde con la memoria.

¡Basta de recuperar aquel lamento! Pues tiempo fue y sentimiento será.

Te diré que ahora hay silencios que ya nadie escucha, miradas que ya nadie ve, cuerpos que buscan pieles sin encontrarse como lobos desesperados. Labios que necesitan de otros labios, corazones que necesitan comprensión, tantas palabras que nadie se atreve a decir, ahora es un juego que cambia constantemente, un reloj o una bola de cristal.

Las amistades han sido las óptimas, algunas compartieron apenas unos cuantos pasos durante el rumbo y otras aún siguen a mi lado. Son tan nobles, tan llenas de gracia y bondad.

Por supuesto que he conocido mujeres, mujeres a las que quise, mujeres de las cuales me enamoré por una semana, un mes y luego volvíamos a nuestra libertad. Seres que me enseñaron, que limpiaron mis heridas, heridas que algún amor fugaz volvería abrir y que otro volvería a ensangrentar, era un retorno al sufrir y lo sabía. Era amargo aquello. Desde luego que quedaba dolido. Un dolor desde el alma como una gota que cae y recae hasta que deja de ser gota y se vuelve aire. Siempre quedaba mucha tristeza con cada separación y miedo al próximo encuentro, un miedo atroz, ese mismo miedo de perder para siempre. Exacto, como una mentira que se sabe verdad.

Por otra parte, en vano gasté tantas noches fingiendo insomnios, creándome temores. Deseché tantas hojas releyendo las mismas historias, intentando descifrar algún secreto, derramé tinta sin ninguna razón, escuché la misma pieza vez tras vez hasta que fue distinta. Cierto día di un mal paso, pero me hizo comprender que era inútil huir de esa ingenua espiral. En ese momento me detuve en plena oscuridad, al igual que todo lo que estaba oculto, supe de buena manera que tú lo comprenderías pasado aquel silencio. No era sencillamente que tú no estabas, que tú no estarías ahí para que fueras mi testigo para que me tendieras tus manos, que no estarías para nada, no pensarías esa noche en rescatarme, y hube de extrañarme en aquel momento pues fue distinto, es decir, no fue similar a tantos otros en que por más que implorara no acudirías a mí, aquel fue el que marcaría un nuevo significado para los otros momentos que vendrían. De aquello se podría decir que fue un poco paz y una profunda incertidumbre, lo mismo a un péndulo que se detiene en un indeterminado instante y prosigue sin la noción de detenerse en un punto fijo. Ese instante marcó la salida de mi propia ceguera para poder buscar la luz.

Luego, me he visto nacer en otra distancia, en una inexplicable lejanía, ahí en otro cuerpo con distinta piel, un ser con nueva sombra, un ente sin principio y sin final. Pasó de repente y heme aquí con profundas luces y múltiples sonidos, sin necesidad alguna de volver a transmutar el espectro para liberarme en otro espacio. Así fue.

Ahora está esa luz que vislumbra con su poderío al umbral y está ese sonido omnipresente sobre la inmensidad.

Ya me he ido.

***

Tarde color naranja a término medio

Después de todo hizo una tarde hermosa: color naranja a término medio. Se iban tras de ti los pájaros del frío, cantando alegres detrás de la brisa de tu cabello, la gente por la calle se sonreía, se tomaban de las manos los amantes y se besaban profundamente. Se escuchaban voces, ruidos, segundos de silencio, calma y vértigo, la vida se detenía por momentos.

Las personas volvían a ser libres, salían de sus jaulas, se iban al café, amigos todos, todos compartían el lenguaje de lo necesario. Alguien pedía una cerveza, alguien pedía de La Rioja, alguien pedía una tapa, alguien pedía un café, amenos todos, volaban los temas de moda, las noticias modernas, una silla rechinaba en el fondo, el muchacho contaba sus sueños de amor, la muchacha los amores de sus sueños. Alguien pedía une croissant y la baguette. Pero otros no lo percibían, quizás eran un poco intocables, a lo mejor hasta un poco tontos o solamente se dejaban llevar cansados por el mármol añil, deseosos de llegar a casa pronto, y la autopista repleta de bocinas como gatos tristes a la media noche. Los comprendo: de lo que se perdían era apenas perceptible.

Laura veía desde lo alto los musgos de la gente, pensaba tímida en la próxima nota, en el antídoto contra el día siguiente, en el luego (siempre se le hacía luego), todo era luego y olvidaba los detalles; pero allí también estaba Paula, y estaba María, triste y profunda como atrapada en el pasado de su tiempo, pensando en su amor ausente, lloraba, quería llorar, ¿qué pasa María?, tan triste María, te entiendo como si fuese yo mismo, ¿acaso esto ha sido siempre así?

Antoine no quería pensar en este instante, él luego me lo contó, sabía que ya nada volvería a ser igual y no pensaba en nada, estaba quieto y lejano, lo sabía, pero quería mantenerse en sus ideas complejas de la nada. Así estábamos todos, un poco unidos y más que lejos, todos necesitando la atención de unos ojos, la palabra dicha en el momento adecuado, un abrazo, un beso que fuese una dosis mínima de vida, lejos y cerca, unos y otros, y nosotros nos enamorábamos, desde siempre.

Tú me llamaste desde tan lejos y yo te escuché, te juro que te escuché, tú lo sabes, desde siempre, y entonces me invitaste a caminar tú allá y yo aquí, a cada lado del puente. Salimos, compramos niñerías de las que son propias de nosotros, caminamos un poco más, nos besamos, nos besamos tanto, los ojos, las manos, las piernas, las palabras y los rostros, tu dulzura fusionándose conmigo, nos detuvimos un instante, suspendí tu rostro frente al mío y me volviste a besar, tanto fuego, tan profundo. Je t'aime beaucoup, mon amour!

Seguimos minutos después caminando un poco, nos sentamos libres en medio de la nada, "a orillas del Sena" —como dice la canción—, pasaba la gente como los trenes parisinos, pasaban y pasaban, mutilados algunos, locos los amorosos, pero nosotros ahí, momentos únicos, irrepetibles, tu sonrisa blancura de cielo, la risa y nostalgias volando por igual sobre nosotros, tus ojos por sobre los cristales buscándonos en todo, en las nubes, en el paso lento de la melancolía, tus ojos como los recuerdo, tus cabellos movidos desenfrenados se dejaban llevar por el viento, un instante dura la eternidad. Yo a tu lado, quieto, esperábamos que cayera la tarde y que se desvaneciera el tono naranja-sepia, que era ahora verde exclusivo para nosotros, nunca te gustó el verde, lo sé, ni el celeste, ni el gris patético después de alguna tarde de duelo, pero era nuestro, fue nuestro ese destello verde. Me tomaste la mano, caminabas deprisa, cada vez más aprisa, cada gesto llegaba hondo abriéndose paso hasta impactar en lo más intenso de mi pecho.

¿Recuerdas? ¡Cómo olvidar! Hace tanto ya, hace tanto que te fuiste lejos, cada vez que pienso te siento más lejos.

Te recuerdo hoy, aquí en mi piel con la temperatura que traes

desde la distancia quitándome de encima el frío de estos días y te siento en mi humano corazón aumentando sus pulsaciones incontrolables.

—¡Cómo podría yo saberlo!—. Te siento ahora, acá junto a mí, muy cerca, y te siento ausente de mi piel.

En esta tarde presagiada, el cielo me trae tu color, esta brisa me trae tu olor, este calor tu abrazo abierto, mi corazón abierto es ahora tu corazón, este golpe de añoranzas es la melancolía de nuestros momentos.

Después de todo hizo una tarde hermosa, color naranja a término medio, como tantas otras que fueron nuestras. Tú lo sabes mejor que nadie.

Y me alegro un poco, me sonrío, me doy una palmada en el hombro y me repito: —¡Ánimo, hombre!—, y me corrijo los pesares, aunque duelan.

La tarde se marcha, se despide tímida, enrojecida, me duele porque se lleva consigo parte de mí, la que delimita mi vida.

Los enormes destellos se pierden infantiles en el horizonte y este camino ya sólo lo transita el crespúsculo. Te pierdo e injustamente te vuelvo a sentir lejos.

No puedo hacer nada, ese espectro terrible nos come y nos roba la vida o la muerte. Se destroza el cielo y se abre la bóveda negra, me roba todo, me asalta como la verdad, me deja desnudo y desdichado, me rompe el corazón, lo tira, lo patea, lo deja morir en silencio, me toma por el pecho y lo abre y con su afilada mano clava su haz, me desnuda la lágrima y este mal vivir que no comprendo.

Hermosa la tarde como la libertad al correr hechizado tras tu imagen que me llega de lejos, son fantásticos los crepúsculos de los amores despiertos.

No te lo puedo describir con palabras, mi querida. No, no te puedo describir con palabras todo esto, no sabes lo que me cuesta y todo lo que me duele solamente contemplar este deseo de sentirte cerca, aunque en esa inhóspita y sosa palabra, nuestras pieles se marchiten sin consuelo como esta triste tarde de invierno en París.

***

Correspondencia, marzo.

I

Hoy por encontrar lo que estaba buscando hace tanto tiempo, comprendo por qué habías desaparecido de donde mis ojos y mis manos pudiesen alcanzar cualquier insinuación de tu ser que viniera de lejos como un golpe profundo y abierto. Por eso es que, menudo y frágil como una gota de cristal que toca el suelo y se destruye, debo decir con la voz pausada y otra herida en este corazón que se desangra:

—Ya se sabe, la encontré de vuelta.

¡Ah!, sigue igual, incluso más hermosa, tan radiante y feliz con esa estela de universos que hay en su mirada; pero este encuentro es distinto, ella vuela con otras alas más firmes; y sabido estoy de que ahora es dueña de otros sueños, de otros calores y otros tiempos, otra mano está sobre su mano y su cabello, alguien da de beber a su aliento, alguien le da ese sol que hace tanto en mi soledad anhelo, ¿pero este alguien la protege en sus nuevos caminos, sus nuevos senderos, sus proyectos, su leve movimiento en este andar perpetuo como pétalos de violetas que se dejan llevar solas por el viento, como gotas de mares salinos y muertos? No lo sé. Soy torpe, tonto y un poco mediocre, y me mata saberlo, quisiera no saberlo. Querer no haber vivido este hoy que la encuentro presa de su preso, pero entregados prófugos de ese sentimiento que no puedo definir ni definiré aún si me dieran con un rayo en lo más profundo del pecho, ese sentimiento que, si de haberlo gozado ha sido mínimo, y si poco lo he saboreado es pues porque mis dioses no desean volverme a ver de polvo y hueso.

Sé que esta tristeza, este sufrir largo y complejo, este antiguo dolor no es ni ha sido nunca el mismo. Ahora que lucho indefenso contra la vida que viene lejana y que no siento, mientras esta muerte que se forja milenio tras milenio (como si decir milenio nos pudiera reflejar qué cosa es el tiempo), algo no muy grande ni muy pequeño me dice que este fin, estos finales en que muero y me creo muerto, no son otra cosa que la continuación perenne de los epitafios que se acumulan en mi cementerio.

II

La he descubierto nuevamente lejos, más lejos aún de dónde la descubrí la primera vez, y allí está lejos, yo de ella, ella de mí. No soporto sentir tan lejos, estoy falto hace tanto de su olor, de su presencia. Hace tanto ya, duele hablar así, callar así, callar como nos calla la noche con tantos silencios, silencios que vienen como heraldos, como golpes fieros, puede que sean los mismos mensajeros que yo le haya enviado, devueltos ahora sin respuesta como agujas que se introducen profundo en alguna parte ya herida del alma.

Agobia hablar así, pensar así, saberse lejos ahora de la distancia como un mal jamás merecido que se sufre y se cuela por cada poro.

La gente nada sabe, habla por hablar, las gentes no sienten así, a este sentir me refiero. ¡Qué pena! Solamente ella me conoce, me sabe y ahora la siento más lejos y eso me duele, me duele tanto.

Se dicen tantas cosas cuando se está así, se añoran tanto, se extraña tanto, se nubla la vista de nostalgias y de recuerdos, se siente más profundo, no es fácil decirlo, sentir que la pierdo, que posiblemente ya la haya perdido y no me haya enterado, que este dolor no pasa de ser un dolor tan ingrato, que tanta lejanía la haya alejado más de lo que ella pensó. Y se sufre más de lo que se pueda imaginar y todo es en silencio, posiblemente ella no lo sepa y sé que no lo sabe.

Sin embargo, ¿qué hago?, me encuentro con la cara más temible del abandono. Produce tanta lejanía un abrazo ausente. Es esto tan complicado.

Recuerdo sus mejillas, sus ojos pequeños jugando, tratando de adivinarme por entre sus anteojos, sus cabellos, su sonrisa y su lunar. La recuerdo y la sé tan bien, pero da miedo no reconocerla, si es que la vuelvo a encontrar.

¡Ah! No me importa, porque ¡cuánto la quiero! ¡Qué grande ha sido el amor! Amar y sentirse amado y nunca más. En este preciso instante la siento y siento que se me va, que ya se me ha ido y que nunca me lo dijo. Duele revivir, pero duele más no sentirse vivo, como ahora.

Como la primera vez que dijo que se iría lejos y ver sus ojos tristes tan tristes, su cuerpo abrazado al mío tan fuerte, sentir en cada palabra una duda teñida de eterna promesa, cada pulsación del corazón compartida volviendo firmes los imposibles que algún día serán sólo un pensamiento. ¿Y ahora? Ahora de nuevo se me va lejos de las manos. Quiero, pero no puedo, y quedo inservible como la primera vez que se me fue lejos donde jamás creí alcanzarla, tan lejos que sólo podría terminar con la muerte... pero sé que estas nuevas lejanías no serán nunca más fuertes que la presencia que ella me enseñó a vivir.

***

Amor... Invierno.

Para contarte hay tanto. Acá ha hecho frío desde el jueves, llueve a ratos, poco, lo necesario para inundar las manos y la cabeza, pone todo tan triste y no por estar comenzando el invierno. Cada gota es una fracción de tristeza. Las cosas han dejado de ser como antes, sé que algunas inevitablemente deben cambiar, pero hay otras que no, solo quedan allí empeorando.

Me pongo el suéter, la bufanda a cuadros y los calcetines coloridos, como hoy que hay día libre, me tiro sobre la cama, agarro el libro que no he terminado y no sé si me quedo dormido con los ojos abiertos mientras pienso, creo que sí me duermo, pues no hay nadie que me esté vigilando, y luego de un salto me levanto y sigo haciendo cosas extraordinarias como freír huevos, poner mantequilla al pan, tomar café, todas eso sí, con un cuidado tan preciso de tiempo y espacio.

Ahora estoy lejos, lo sé, no hace falta medir distancias y, también, estoy lejos de mí mismo, es decir, a veces.

Sería impuntual medir el tiempo, hace tanto que no utilizo relojes, pero sé que hay cosas importantes que esperan para hoy o mañana o para el domingo próximo.

Las cosas se achican, al parecer la muerte se está encabronando con nosotros, no por amarrarme, ya sabes, siempre me estoy desarraigando de todo, y lo detesto, detesto no poder quedarme tácito por la vana voluntad. Poder cerrar los ojos y seguir dormido como si nada estuviese pasando, y poder no sentir cómo ese minuto anterior hace del siguiente momento algo aún más preceptivo.

No para de llover, hace más frío y, sin embargo, la muerte enamorada no acepta reclamo alguno. Claro está, hace falta urgente el calor de dormir pierna a pierna, quedarse al lado uno del otro, cabeza sobre pecho y todas esas cosas que siguen y seguirán siendo importantes, que nos agarran, nos sacuden violentamente y nos sacan de esa incierta pequeña zona de confortabilidad de estar pensándolo mucho antes de levantarse de la cama, y comenzar a escribir esto que posiblemente te llegue hasta mayo próximo. Mientras acá sigue lloviendo y sin desdicha me preparo para salir de casa para liberar y reorganizar esa ingenua estrechez de cambiar la canción, sacudir la cabeza y poner pie en las cosas que te puedo contar antes de tu abrazo.

***

Carta a Margarite que vino de visita
(finales de julio)

Le escribo, señorita Margarite, asumiendo la responsabilidad de estas letras y con la máxima libertad en decirle que la otra noche, en la cual visitamos el Museo de Arte, minutos después de salir de la Gran Galería, noté cómo prestaba discreta atención a mis palabras, iba enumerando mis pausas y la cantidad de palabras en uso, murmuraba cuando acertaba o pasaba por alto lo que usted consideraba admirable y en lo que discrepa.

Usted sabe que peco de observador exigente en lo que juzgo merecedor de detalle. Desde luego, me fue sencillo descifrar a lo que se estaba dedicando.

Comprenderá usted, a pesar de haber parecido un poco incrédula, que mi asombro no fue su vasta y discriminatoria atención como esperando mi descuido para utilizarlo a su favor; no hubo de ser eso, sino su increíble cambio de ánimo y la manera defensiva con la que utilizaba el lenguaje en los instantes en los que discutimos nuestros pensamientos. Creería sentirse boba si yo no hubiese dado con la razón de su extrañeza.

La admiro muchísimo, señorita. Todos sabemos que usted posiblemente tenga, entre nosotros, un mayor manejo de la Historia y la Teoría Artística. He conocido escasamente cuatro personas con gustos tan elevados y finos como los suyos, pero ninguno que a usted supere. Y le aseguro que Paula, Antoine y Marie estarán tan de acuerdo conmigo en este argumento.

Es usted consciente de que todos tenemos que glorificar nuestros gustos, pero sí con medida cuando se enfrenten a los de los demás, es el propio respeto hacia el mutuo.

Ahora debo confesarle mi disgusto por su comportamiento demostrado aquella noche, fue tan desagradable como una estúpida mancha en un magnífico cuadro de Hire, un mal trazo en una pintura de Puget y, con toda certeza, tan detestable como un parche en uno de los retratos de Komarov. Esto lo he comentado con los muchachos y todos afirmaron tal cual mi parecer, no vaya a creer que ha sido solamente mi perspectiva. Sabrá usted, que su miserable comportamiento hubo de ser idéntico al de quienes se enfadan por haber perdido un minuto en el reloj o al de aquel que se equivoca en la selección del plato en la carte. No en vano, paupérrimo fue.

En un vago análisis podría pensar que ha sufrido usted un inexplicable ataque de desnaturalización de su conocimiento, es decir, se ha sentido tan disconforme consigo misma y apresada por un profundo vacío al poseer elevado conocimiento y no poder siquiera ponerlo en algo mínimo como un dibujito en una servilleta o un pececillo azul y rojo que se dibuja en el aire.

A ver si me explico de mejor forma: conocer usted la razón específica que motivó al artista a poner tal o cual forma dentro de cada segmento del cuadro. Saber teóricamente la función de los diversos colores, la degradación del color utilizada, la luminosidad empleada. Determinar el por qué tal artista es de esta o de la otra corriente artística y lo muestra en su obra. Sin embargo, tal vez, con sencillez al artista no le interesó nada de toda la teoría anterior y solo expresó su potencial artístico y su genialidad. De algo sí habrá seguridad: su impotencia de conocer todo aquello, la delicadeza del arte y la técnica y no poder alcanzar con su espíritu ese lugar de los Inmortales como les llamó Hesse. Así, pues, verdadero es que de nada sirve la teoría sin la práctica.

De ahí su profundo enojo al salir de la Gran Galería, por el humor que expresamos al ver un cuadro de Wagfreints, y usted no lo pudo comprender. No pudo comprender por qué vacilamos al ver ese cuadro. Era sencillo: vacilamos porque somos conscientes de que ninguno de los ahí presentes haríamos algo semejante, vacilamos al sentirnos tan indefensos ante la magnificencia, era el humor ante el infantil enojo de una muchachita de alta burguesía perdida entre el alegre festín del vulgo. ¿Qué sería de la seriedad sin un poco de humor?

Usted quizá nunca comprenda esto, porque es obstinada y terca, está bien que así sea, pero imagine que a Schiller no se le hubiese ocurrido el An die Freude que luego Beethoven utilizaría en el cuarto movimiento de su novena sinfonía, o que a Vivaldi no se le hubiese ocurrido "las estaciones" para su obra, o que las magníficas composiciones de Mozart no fueran tan sutiles. Ahí está la razón, ellos comprendieron que el concepto no está en torno a un solo elemento. ¡Oh, los Inmortales!

Y usted sería muy ingenua si tratara de ignorar que esto es así y que no hay nada más necesario que la variación del pensamiento finito.

Por suerte aquel amargo momento pasó y todo terminó para bien en la pieza de Paulita, luego de aquellas buenas copas de vino francés y esos cigarrillos españoles.

Señorita Margarite, le pido perdón por escribirle hasta este momento. A la semana siguiente después del incidente tenía que volver a verla y no quería traerme ese impulso que dan los desacuerdos formales entre las amistades.

Discúlpeme por algunas palabras que he utilizado, era necesario y era la única manera de que usted comprendiera de buena manera mi alucinante disgusto.

Le ruego pueda visitarme pronto para escaparnos a tomar un tinto y pasar la tarde dentro de las tienditas de segunda mano.

La extrañamos y todos queremos volver a verla, en especial Antoine.

Sin más por el momento.
Saludos a los buenos amigos.

Au revoir!

***

Desaparecer bajo la tormenta

No creo que haya cambiado tanto como para no saber reconocerme, para no saber quién soy, como para no saber que a lo que llaman "amor" también muere, como para no saber que donde hubo hoguera ha llegado la ceniza y, desde luego, que un ave tal vez no vuelva jamás adonde han destruido su nido.

Hace apenas un par de años (a casi todos se nos olvida el orden de los acontecimientos luego del último momento y eso es tan estúpido), no es mucho tiempo, los años van y vienen, y estos son apenas los necesarios, sí, los necesarios para seguir sujetado del hilo de Ariadna, pero téngase en cuenta que todavía ni se divisa la salida, y aún se sabe que allí está. Si tiene usted buena memoria sabrá cuántos son, no hace falta que se lo diga, no soy ni un bufón repetidor ni un mal titiritero.

Pues bien, tendría un universo de incertidumbres si la encontrara ahora, no podría reconocerla, estaría completamente aterrado y diminuto como un punto que está ahí y nadie ve.

No en vano, justo en ese momento me vendría de golpe apenas la imagen de una señorita alegre de pelo negro, de ojos cafés o negros, de delgada figura, de mediana estatura e inigualable hermosura. Era linda, sí, con una piel tan suave, con dos nubecillas por labios, su pelo siempre olía delicioso, me cuesta olvidar ese perfume y, sin embargo, no puedo recordar cómo era aquel aroma, pero su pelo, su pelo parecía como hebritas de viento, a mí me gustaba muchísimo refugiarme ahí, en ese lugar de infinitos.

Por aquel entonces, ella tenía un corazón bondadoso, ¡oh!, y escondía tantos misterios, a mí eso me entusiasmaba, quería saber más y más, y me complicaba las cosas porque siempre tenía algo nuevo, algo totalmente distinto que decir, algo que contarme, cada vez algo más para enamorarme. Muchas veces nos perdíamos largo rato dentro de un inexplicable universo y volábamos así de lindo hasta vernos de frente con unos ojos de cielo. Ahora ese universo no está. En efecto, todo esto estaba dando vida a una parte de mí que había estado suavemente muerta.

Una muchacha que sonreía mucho y a la que nunca le pregunté sus motivos, a la que nunca le gustó la misma música que a mí, que detestaba la sociedad tanto como yo. Ella siempre quiso bailar y yo apenas sí sabía mover las piernas por inercia al caminar, y bailaba con tal gracia y yo hipnotizado por los movimientos de su espalda y su cintura; hablaba mucho, decía cosas interesantes y sedosas. Algunas veces se enfadaba conmigo, que si Freud, que si Lacan, que si Jung. Y le confieso que hasta hace apenas unos años comprendí que de verdad era yo el torpe, y eso no importa en este momento, lo cierto es que ella decía azul y yo verde, cielo y espacio, infinito y más allá.

Éramos dos amantes abrazados a nuestra ilusión y había una miel con nueces dulces un poco pegajosas donde nadábamos, y había también pinturas y canciones, un pajarito y un pececillo azul con aletas rosas, un gatito pálido y muy flaco, una casa y una mano diciendo algo parecido a un adiós y un señor amigable reservando el disgusto, una princesa a la que molestaba el ruido del dragón y un guerrero tristón cayendo de un abismo color marrón en el que en su fondo no había gota alguna de agua.

Me vendría una imagen pequeñita de dos personas caminando hacia el horizonte, me parece que son felices, con la tarde que cae lentamente, una tarde rosa y naranja con un sol que se mueve muy despacio trayendo la oscuridad, las hojas de los árboles bailando con la brisa después de una llovizna apenas perceptible, y solamente estas dos personas, nadie más, que siguen caminando hasta que hay que hacer un esfuerzo para intentar ver cómo se pierden a lo lejos.

Digamos que esto pasó días antes de acabar un noviembre, confuso entre mucho frío y una tenue calidez de corazones, donde el mundo continuaba girando y el destino seguía inútil fallando a su propia suerte.

Esto suponiendo, claro está, si yo la encontrara, así de verdad, por un azar que desconozco y esto lo dudo. Ya han pasado algunos años como para no saberlo, varios años en los que se me ha dificultado reconocerme, aunque, algunas veces, me encuentro conmigo que parece ser lo importante.

Espere. Para serle sincero tendría mucho a algo parecido a una crisis existencial, fíjese cómo le llaman: "crisis existencial", genera como una sensación de algo muy grave, aunque en el fondo sea solamente una bofetada que nos hunde de vuelta a la realidad.

Yo digo estas cosas y a usted quizá ni le importe, quizá ni le mueva un pelo, ni un ojo acaso, por eso es que apenas se aclaren las circunstancias, apenas pueda, mejor dicho, me instalaré en Madrid, en Praga o definitivamente en París. Instalarme allá, no para huir ni para olvidar cosas, sino para empezar de cero, sí, eso, empezar de cero y así preguntarnos si de verdad hemos cambiado tanto.

***

Diciembre

Yo me pude haber enamorado perdidamente de ti, sabes. Te hubiese añorado con una fuerza tal, cada día distinta y renovada, pero siempre necesité estabilidad. Necesitaba saber que del otro lado sentían lo mismo, sentir que no estaba dándome en vano, que de verdad del otro lado había libertad, sentir en suma que las cosas iban más allá de un juego, que uno podía confiar en la esperanza sin dudar. Era eso precisamente la única estabilidad que necesitaba: un puente que llevase al otro lado del río.

Sabes, nunca pedí que entendieras la herida o la huella, ni que te cuestionaras el porqué de mis decisiones, pedía tan sólo que comprendieras lo que soy, que, a pesar de los cambios y los disparates, que permaneciera la verdadera esencia que es apenas un relámpago iluminando por completo al alma. Sólo eso y nunca te lo dije, me bastaba con que lo supusieras.

Te aprendí a querer con las palabras, los gestos, con tus delicados movimientos, pero, sobre todo, con el tiempo. Il y a longtemps que je t'aime. No puedo definir solamente con palabras a un sentimiento como este que traspasa el entendimiento, que abre el pecho y colma el alma.

Fue exactamente así: yo buscando la palabra creadora en el lenguaje místico de tus movimientos. Algo que venía desde atrás hacía muchísimo en el tiempo, que unía cada uno de los pasos con la fragilidad, que iba poniendo las baldosas por las que íbamos a bailar.

Nunca supe decir con precisión lo que siento, no podía ser lo que esperaban de mí, no podía detenerme allí para siempre en medio de esa puerta negra, nunca pude quedarme en la memoria de las despedidas. Por eso descubrimos que éramos tan distintos, que el hecho mismo de un principio trae ya su fin, que a pesar de lo maravilloso que nos unía había dentro una necesidad de liberación, no la liberación de tirar y desacomodar la cocina o el ropero, sino una liberación que nos exigía seguir buscando, sabiendo muy bien que nunca la encontraríamos, ya que estaba en ti o en mí y que, en definitiva, sólo nos seguiríamos buscando a nosotros mismos. Haber descubierto esto dolía muchísimo.

Cuando entendí que ya no recordarías mi nombre o que yo nunca volvería a descubrir tu voz, en ese instante supe que no fue culpa nostra, que todo se pierde como una gota en la inmensidad del mar y en los clichés. Ahora vendría el deterioro natural y paulatino de nuestras manos y ojos. Que nunca más empaparnos con la lluvia sería el refugio tranquilo donde podríamos amar o llorar, que deberíamos seguir indeterminados en esta unión libre, y que en diciembre seguiría lloviendo insaciablemente.

***

Azul verano

Viste cómo cambian las cosas. ¡Cómo pasa el tiempo! No se detiene, es un bicho enorme y sucio que nos toca, que nos contamina, nos corrompe.

Y todo es así, años atrás era distinto, —¿recuerdas?—. Recuerdas que antes de llegar a esta ciudad aquel cielo era distinto, las horas eran distintas. Por la mañana se respiraba azul y se bebía café en la taza del abuelo, la tarde tenía otros colores, la muchacha estaba enamorada de ti, ella te quería, ella te amaba, ¡eres un tonto!, y eran tan hermosas aquellas cosas.

Y ve ahora. Viste cómo cuando se detiene el tren y llega otro y así sigue la estación, no se detiene nunca, siempre está en movimiento, son tantas caras, tantos nombres. Nada es igual, es lo que intento decir. Nada se ha detenido. ¡Pero qué te digo! Dale aquí y allá siempre como un papelito que vuela con alguna frase de Kierkegaard o Dostoyevski. Y así es una menguada existencia: ser o dejar de ser. Quizá los primeros días gozaron de ser así, ya sabes: "el tiempo de amoldarse", luego descubres el trazo palpable en un cuadro de Seligmann y te das cuenta de que eso se va convirtiendo en parte de la esencia, y es así como, nuevamente, vuelve el papelito a volar entre cielo y tierra como una nube amarilla y errante.

Y recuerdas, mamá estaba tan preocupada, si tendrías dónde dormir, qué comer, abrigo y cuido, y estaba un poco triste, se llenaba de nostalgia, no daba la cara para nada, en las conversaciones tenía la mirada puesta en otros lugares

¿Cómo tener noción? ¿Cómo? Si tú apenas empezabas a caminar cuando ella lo que esperaba era que tomaras el camino correcto o algún camino siquiera. Y entiendo un poco, no se pueden cortar las alas a quienes nacieron para ser libres.

Y ves ahora, todo ha cambiado, ahora ves ese cielo de noche y vienes dos veces al año, o cuando puedes, y mamá se alegra tanto que la casa se vuelve a iluminar, entra esa luz absoluta por los cuartos y la cocina. La otra vez la escuché hablar con la tía diciéndole: "Me parece increíble verlo convertido en hombre, pero, ¿a usted no le parece que está un poco más delgado?", entre dientes, con ese murmullo que conoces, maldiciendo a la distancia.

Y es así. La distancia es jodida, la distancia mata. ¿Qué sería de nosotros si no hubiésemos partido un día? De sólo pensarlo me atraviesa un escalofrío, un chorro de agua helada por la espalada.

Al principio duele un poco sentirse solo, sentirse lejos. Es el frío al que no estábamos acostumbrados, al olor de la ciudad húmeda y cansada, al asesino y al suicida, a la canción "pop", al posmodernismo incontrolable, al sexo desmesurado, a los besos perdidos, al mal sabor de los recuerdos, al estúpido ruido, al humo de fuertes cigarrillos, a noche herida y negra, a mañana siguiente y, venga, vuelve todo a empezar. La invisible rutina estructuralista de la ambiciosa ciudad.

El tiempo lo cambia todo, nos pone donde debemos, el truco está en eso: beneficiarnos de él y no culparlo. "El tiempo". ¡Qué injusticia! ¿Existe algo más inútil que culpar a aquello de lo que somos presos?

Y ve, se van a cumplir casi cuatro o cinco años, no recuerdo muy bien, y casi doce desde que el padre se fue de casa. ¿Te recuerdas del padre? El padre era siempre tan atento con nosotros.

Hay tanto que contarte que el corazón se me acelera, esta taquicardia que ya me conoces, este pausar minucioso de las palabras. Esto me recuerda a aquellas noches donde creíamos por fin romper todas las barreras, barreras que construíamos como una enorme pared de pequeños ladrillos que a la primera lluvia se vienen abajo.

Tal cual, la fragilidad ante el inmenso rasguño del mundo.

Hay algo más allá de todo lo que te cuento en estas cartas, más allá de un mero informe de salud facilitado por el primo médico, más que una carta de tres páginas donde te detallo cómo han ido sucediéndose las cosas, cuando en el fondo sabemos que no son las "cosas" las que cambian. En fin, incluso más que alegrarse porque vuelvo o porque vuelves. Hay algo en todo este tiempo que he deseado contarte. ¡Maldita sea! Por estar ahí, por dejar que tus palabras se enfrenten a las mías, por volver a destruir otra barrera.

Tú me conoces tan bien que no podría engañarte. Cómo haría yo para contarte que por la mañana está todo así: café caliente, mañana aromática y azul profundo. Tan levantarse con el pie derecho, tan olor a gracias divinas, tan breve sereno de verano, tan olor a verde, tan brincar en un pie, tan aplaudir al sol, tan "Liza, mea querida Liza!", tan cronopio, tan Boticelli, tan corazón sencillo, tan llamar de urgencia a París, tan escuchar a Piazzolla por horas, tan suave tacto de agua en el rostro, tan saludo formal, todo tan inquieto y tan nuevo, tan capítulo 7. ¿Cómo hago para meter todo eso en una carta?

Fíjate que acá conforme avanza el tiempo se van perdiendo los renglones torcidos, se pierden los verbos y la carne, el signo roto, la hora que pasa sin nada, sin el almuerzo ni el agua, ni la piel ni el sudor. Todo se pierde, cae en un breve olvido hasta que una noche sin hacer ruido vuelvo a encontrar alguna de estas cosas.

Ahora bien, algunas tardes cuando el sol empieza a caer en sí, dibujo pececillos en el aire ausente, entonces, los últimos rayos inundan los más escondidos lugares. Desde aquí resultan lúgubres las puestas, las aves susurran cantos a la muerte. A pesar de esto, siguen sonando las mismas canciones, imágenes repetidas, repetidas. Los árboles se mueven poco o casi nada, los perros deben ladrar y no ladran, la araña de la esquina debe bajar a las 6:23 p.m. y no baja, tácito el ambiente. En parte todos, o casi todos, pertenecemos a esa representación de la nada.

Para cuando es el cenit del Ángelus y suenan las campanas, el café ya sabe amarguísimo, ¡es un asco!, los libros deben estar acomodados, los papeles deben estar listos, la pieza debe oler a eucalipto y a madreselva, pues ella regresará pronto y yo también. Tú no lo sabes, pero ella está aquí, y sí, hace tanto ya. A veces se pierde y la encuentro entrando en los cafés a los que nunca volvimos, su melodía primaveral, su danza delicada, su aroma y ese aire al caminar, pero está ahí y lo sé, y eso me basta.

Entrada ya la noche, más profunda y más negra, las puertas se cierran y se ven los movimientos de las lilas desde el otro lado de la ventana donde hace un frío inconsolable.

Es cierto que hay una soledad tan acusada, vuelvo a quedarme quieto repasando el Für Elise. El cielo se abre y aparecen estrellas, no hablan, es un silencio ameno y doloroso, un hielo abrasador, es fuego helado, es herida que duele y no se siente. Pienso unos segundos en la variable posibilidad de caer sin tocar el suelo, camino por la casa sola, estiro las piernas, hablo conmigo frente al espejo:

—¡Estás loco, sabes! ¡No, tú eres el loco! ¿Cómo lo sabes? No serán acaso locos los otros.

Me detengo, escucho el latir del corazón cada vez más deprisa, más y más, ¿quién anda ahí?, ¿quién?, tan cerca, un gris suspenso, un cuervo alza vuelo, el libro de Poe abierto en la página 123, me río. Salgo un momento del ambiente rythm and blues, duermo unos minutos escuchando las canciones que vuelan en mi mente, las mismas que pasa cantando la muchacha de al lado, la que te conté la otra vez, la del violín, y dale, ¡cómo práctica todas las madrugadas! Ahí va de nuevo cuando se detiene en medio de un concierto de Bach, y repite aquella estrofa con tal emoción: *"There's this movie that I think you'll like / This guy decides to quit his job / And heads to New York City / This cowboy is running from himself / And she's been living on the highest shelf"*. Como si fuera cierto que se lo repite a alguien que tiene al lado. Hace un par de días estuve hablando con ella, le dije la manera mágica con la que llenaba mis madrugadas, esos ojos cafés hermosos vibraron tan tiernamente, tuve la certeza de que una lágrima anheló la libertad.

En fin. Ahora todo está negro, huele a negro, camino en negro. Es fácil reír sin hacer el mínimo esfuerzo. Hay lágrimas en mis cristales hechas un puño y nadie lo sabe. No aguanto más las piernas y la espalda, se cierran solos los ojos, me dejo llevar, robo sueños y me parezco un poco al Sombrerero. Todos lo saben e incluso así no temen a esto. La gente no teme a estas cosas.

Cómo decirle contundentemente que los días calan profundo. Como si en el fondo supiésemos que ese orden cronológicamente alterable es apenas la mínima parte de un infinito. Estos días en que el mundo se apaga cuando se apaga el interruptor de la luz, en un simple paso se recorta la existencia y muere todo en lo que no concluyo y aquello que se me escapa levemente del tacto, eso allí detrás de la puerta negra. Mas este síntoma no se repite a menudo, aunque viene en aumento de un tiempo a esta parte.

Sé, de buenas a primeras, que las personas cambian por la necesidad que exige su voluntad, eso es lo que las impulsa a buscar una transformación en sus almas y en sus corazones, una transformación que desconocen, pero lo hacen porque sus almas lo necesitan, ya dentro suyo lo saben, pero ellas lo desconocen hasta que sucede y sus vidas se transforman. Lo sé, desde luego. Pero me niego a ser simplemente como todas ellas. No es más que pura teoría, puro: mente-acto-cuerpo-reacción-viceversa-viceversa-etcétera. Es sencillo: no me sirve el psicoanálisis.

Me despido por el momento. No sin antes preguntarte, pues sé que me responderás a la brevedad: ¿cómo saber que lo que antes fue ya no lo es, pues ese antes es ya ahora y este ahora no será, no será ya lo mismo dentro de diez años, incluso el próximo mes o el próximo domingo por la tarde, si no que será una fusión de todo esto y, sin embargo, ya habrá dejado de ser lo mismo en sí? Todo es distante y distinto como un péndulo giratorio, parece inconciliable y a la vez todo fluye en este momento. ¿Cómo sabremos, entonces, cuándo aquel antes se habrá convertido en este ahora y cuándo este ahora dejará de serlo para siempre?

Todos te envían saludes, te desean lo mejor, desean verte pronto.

Ya la conoces. Ella siempre afectuosa, presente, a nuestro lado. La quiero tanto.

Cuídate. Sé que por allá arden las noches, que vienen la tos y el frío, y es un poco como un manchón de nostalgia pegado en la memoria. Y nada, acá las cancioncitas dulces y cálidas del Sur suenan cada vez más lejos y apenas se escuchan.

— ¡Dios nos salve!

Cuídate siempre, sé que lo harás. Te conozco y sé que volverás.

Espero reunirnos de vuelta y volver a romper estas distancias que el tiempo ha construido. Volver un día, por fin, a sentir el aroma de aquel inmenso jardín. Volver a reposarnos bajo los gigantescos árboles, ver cómo ese viento otoñal mueve las copas y cerrar los ojos ante la poderosa sinfonía de las aves del atardecer. Quedarse ahí, quietos, alegres y como niños guiados por aquel candente color negro de tus largos cabellos que no han olvidado el camino de regreso.

Y volverá a ser todo tan hermoso.

Y volveré, por fin, a sentir el calor de tus manos sobre mis manos frías.

***

Dorado atardecer

En una tarde, un instante entre otros, ver de repente al girar la cabeza al sol recaer y golpear al agua. Los reflejos multicolores del agua saltan y bañan ahora a las montañas, los colores penetrando en los profundos silencios del bosque. El bosque comenzando a dormir atrapa a los más lentos resplandores, quedan entonces varios que han logrado huir y empiezan a elevarse lentamente hasta el cielo cual plegarias o cánticos sagrados. Ahora es cuando el cielo en calma cierra sus ojos reabriendo las puertas a un similar infinito. Se detiene en medio de toda la tarde una de entre las primeras estrellas, se queda ahí como quien solamente observa.

***

El laberinto y las puertas

No intentes seguirme. No creas descifrarme. No les des mis huellas a tantos. No pienses siquiera que soy como ese o como aquel, como el que vendrá o como el que se fue. No intentes encontrar mis ojos o mis manos en otros, mis pensamientos o mis actos, no lo intentes sabiendo que es en vano. No gastes tantos besos buscando el sabor que inventamos. No creerás, dichosa tú, que lo que digo con cautela y cuidado es tan real como falso. Hay una luz roja y un reloj que se pasa de mano a mano. Haz bien y no creas haberme encontrado con apenas un par de pistas, unas señas y unos pocos pasos, con apenas una voz, con apenas un roce de la piel cuando más lo necesitábamos.

En un principio te sentirás tan contenta al encontrar un hilo rojo o una hebra dorada, pero luego serás confusa y de ese hilo al final sólo hallarás que hace tanto ha sido cortado, como quien sigue estrellas como migajas.

Te parecerá escuchar mi voz y será solamente la armonía de un eco que va dejando sus últimos cantos. Un eco muy distante, un eco que ya no está, un eco entre olvidos recordados.

Es posible que te pierdas, y te perderás tenlo por seguro, entre los grandes salones, entre numerosos pasillos, entre paisajes profundos de inmensos cuadros, entre las líneas de cualquier párrafo, y a lo mejor tus sentidos ya te habrán engañado y creerás haberme visto, haberme hablado, haberme sentido, haberme dejado. Y divagando, al final de un pasillo te parecerá ver mi silueta de pose firme y talle alto, convencida de que ese soy, te acercarás en calma pero ciertamente ese será solamente alguno de mí que con el tiempo habré dejado, uno de mí que ha pasado y conforme te acerques bien seguirás por el pasillo que cada vez se irá haciendo más lejano, lleno de oscuridad y de sombras, donde seguirás movida por el sonido leve de un llanto y de repente al caer en tu razón, perdida entonces, en medio de una vasta oscuridad no entenderás dónde está el comienzo ni dónde se huye al final, pero seguirás alejándote con cada paso, y allá lejana un día cualquiera no recordarás el porqué de lo recordado.

Pero, es este sólo un pasillo de entre tantos, porque puede que al irte acercando des con la gran puerta de manillas de plata y de bordes dorados, con seres alados en su parte superior que miran con detallada atención hacia abajo, al abrirla entrarás a un gran cuarto pintado de blanco y azul y con detalles rojos, con enormes y cuidados ventanales por donde se filtra tímido el viento haciendo mover las grandes cortinas pulcras cual si fuese un baile etéreo donde la libertad, la paz y la armonía danzan sujetadas por sus manos. En ese instante, escucharás en toda la habitación el sonido íntimo de violines y violoncelos y el apenas perceptible coro de notas suaves.

Así, si tus designios te han correspondido de esta forma, pasarás en medio de la habitación que estará tan fresca y sentirás el olor a lavanda y jazmines, a juventud y a rocío, a lilas y a trigo, a uvas, a centenos, a flores de vainilla y canela a cada lado.

Al llegar al otro extremo, entenderás que aquel que habría estado allí también ya lo habré sido, pero encontrarás en la mesita blanca de la esquina junto a las pequeñas estatuas, la una de un gorrión con sus alas abiertas y la otra de un león dorado rugiendo erguido en sus dos patas traseras, y junto a la flor de Nelumbo rosada y amarilla hallarás la nota donde están escritas las horas, las fechas y las direcciones, y sorprendida por el incandescente resplandor unos momentos después te volverás a encontrar fuera de la habitación, pero se te negará la entrada si lo intentas nuevamente, entonces, estará en tu ser seguir por el pasillo donde se hallarán infinitas puertas, sin embargo, con la precaución previa de perderte infinitamente por los pasillos y las habitaciones.

Ahora una puerta abierta, ahora un suelo que se extiende en semejanza a un techo alto, a no ser que sin esperarlo un día te encuentres con una ventana por donde entran feroces los rayos del sol iluminando al pasillo y al mirar verás un espejo que refleja a otro espejo y en este otro espejo reflejado donde verás lejísimos apenas la forma de alguien esperando al otro lado, donde también se repiten puertas, salones, ventanas, colores y grandes focos de luces por lo largo y ancho, y entonces en el silencio mirarás unos ojos que te han estado observando, mirarás unas manos que siguen a otras manos que intentan acariciar tus manos.

***

Fin de semana cualquiera

I

Ahora allí él enciende una lámpara, la enciende porque aparte de iluminarle su pieza, la necesita. Es solamente una luz entonces, desconociendo en gran medida lo que es esa luz, algo necesario, aunque le sea ajeno a sí mismo. Lo que el sujeto empieza a experimentar es que la luz es mucha, un torrente, y que pronto le inundará el pequeño y húmedo apartamento.

II

Un hombre un día se levanta animado y cree que ese será uno de sus mejores días, pone su música preferida, abre las ventanas, hace sus estiramientos, medita un poco, hasta que de repente, luego del café, comienza a llover muy fuerte y se le inunda poco a poco la casa, minutos después el día genial del hombre se ha ido a la mierda. Ahora se nubla y hace frío, le toca sacar el agua, mojarse de pies a cabeza, trapear y trapear, dejar limpio. Una vecina se acerca y le echa una mano, con espíritu animoso le repite una y otra vez: ¡Es mucha agua!, ¡cómo puede caer tanta lluvia en tan poco tiempo!, así es el invierno: ¡nos sorprende!, ¿ya usted comió algo?

El caso es que el hombre, aunque jodido, guarda la esperanza de creer en que mañana será otro día y que la situación, que el cielo no lo quiera, no se volverá a repetir y no sólo eso, sino que en el fondo sabe muy bien, y lo jode todavía más, que si no repara el techo lo más pronto posible volverá a ocurrir así sea mañana domingo.

Y estando el hombre ahí ya no solamente cree y lo sabe. Ahora se tumba agotado creyendo en que ya no lloverá tan fuerte, aunque nadie le dé una señal de que pronto dejará de llover. Hasta que en la noche el hombre, que ha estado cauteloso en saber si la condición meteorológica variará o no, ve cómo se apaga la lámpara desde el otro lado de la calle; pone los Nocturnos de Chopin hasta que se queda dormido y para ese entonces, con la lámpara apagada, el té ya bebido, Claudio Arrau ceñido en su piano, vuelve a llover con fuerza.

***

Cosidad

"La cosidad es ese desagradable sentimiento de que allí donde termina nuestra presunción empieza nuestro castigo".
Capítulo 17, Rayuela, Julio Cortázar

Ciertas cosas van cayendo. Caen lentamente. Se mueven en el aire, algunas con su suerte son llevadas muy lejos por el viento, algunas bailan tristes tonadas de la tarde, abren espacios profundos lo que dura su recorrido.

Ciertas cosas.

Las hay que caen hartas, cansadas y resignadas, pero las hay que caen a la inversa, algo que se estremece y entra luego en su estado de calma. Son y las hay. Se van acumulando una sobre otra con una delicadeza tal y de repente se desordenan, ¿ahora cuál? ¿Ahora ésta o la otra?

Se dice de éstas que son como seres o como personas, como ligeras cabelleras o pieles de seda, como lejanos tiempos o como tiempos de conejos, como cantos de aves, como sombras alargadas que tímidas nos observan, como ojos que se van abriendo en un tenue lienzo, como gotas que se derraman sobre un mar inmenso. Mar, un mar, sólo eso.
Son silenciosas como filos de agujas, e inoportunas vacilantes aparecen. Las hay compañeras buenas de las que dan y a brazos abiertos siempre esperan. ¡Ah! Las hay también traicioneras como el golpe inesperado que me di contra el suelo. Caí entonces.

En todo caso caen, no suben (ya quisiéramos que subieran). No suben al cielo, cielo de agujeros por donde nacen luces y cenizas, y como cenizas caen y se van acomodando por los rincones. Algunas se adhieren con todas sus fuerzas, con toda su voluntad, como si solamente eso les importara, hasta que extensos mantos oscuros las van cubriendo dejándolas ahí para siempre. En cambio, algunas otras con un ligero soplo se van nuevamente y pasado su tiempo regresan o quizás florecen hermosas en otros fértiles campos.

El crepúsculo las ha traído. Ha traído el ala rota de un ave que ya no canta, la savia que baja y recorre lenta el noble árbol. Este crepúsculo que alegra a mis ojos y adormece el tumulto en las entrañas. Estas cosas que también caen más allá de donde los rayos del sol nos alcanzan.

Caen. Van cayendo. Cayeron.
Se van yendo. Se van. Entonces fueron. Silencio.

Ciertas cosas ya han caído. Luego no alcanzan las dos manos para juntarlas a todas y volverlas a poner ahí en el lugar donde se guardan todas las cosas. No alcanza con darles calor o abrigo, son tantas y, claro, no se sabe cuántas son todas.

Cuando uno comienza a juntarlas una a una, aunque sabe que es un oficio arduo, se va enterando de que es imposible poder encontrar a dónde ha ido a dar ésta o aquella otra o por qué ha sido como un fuerte golpe o como un susurro, entonces ahí mismo quedamos perplejo ante la enormidad preguntándose los motivos de tales desvanecimientos o si es acaso el principio o el final de un juego que desconocemos.

Queda así solamente la espera de aquellas que continúan cayendo y el nebuloso misterio de algunas que en lejanos territorios sin oponerse murieron y de aquellas únicas e irrepetibles que jamás volvieron.

***

Estando repleta de vida fue que cruzó la línea como una flecha que se pierde en cualquier lugar del horizonte. Sin dejar de ser nunca una niña. Sólo esa carne, sus pechos, sus uñas y su pelo, fue solamente lo que cambió con poco más de tiempo que de años. Se levantaron y luego cayeron, y los huesos delgados comenzaron a doler como golpes de piedra. Pero dentro seguía siendo esa niña inocente que nunca salió del jardín donde se consumían los relojes. Guardó toda su inocencia pura y primera, a pesar de decirse a sí misma que la había perdido hacía tanto tiempo, la mantenía como un recuerdo rojo que pasa siempre en la memoria y que no es absolutamente nada de lo que hay en el mundo fuera de ella.

Nunca la vi sonreír, ni siquiera cuando se marchó a París. Ese viaje que siempre dijo sería la metáfora de su propia libertad. Estaba así siempre, con ese gesto triste y de decepción de sí misma, con la voz pausada y lenta que se detenía a pensar cada una de las palabras.

Había algo de maldita en ella, no ya como baratijas de brujería, estaba maldita poéticamente, la poesía su vida y su vida maldita. Toda ella era poesía pura y dura. Todo era poético en ella. Toda concepción posible en ella era poética. Y tanto como la verdadera poesía, basándonos en lo verdadero para decir: "esa es la verdad, o el conocimiento de ésta", tiene un desenlace mortal como la creación del ser humano mismo, de igual manera, ella misma se arrojó a quitarle el aliento a la oscuridad. Ella sabía perfectamente que la vida y la muerte tan sólo son recursos y quería descubrir en la memoria eterna de las cosas la verdad de la muerte.

Años después volvió a su casa con la virgen perdida, habiendo comido de otro fruto. Ahí no soportó que su propia soledad la hubiera abandonado como un ave que agoniza al cortarle sus alas, que deja de ser ave y queda sólo su ser.

Lo intentó dos veces y a la tercera lo logró. A sus tres y tres múltiplos de tres, se suicidó tan perfectamente bien que justo donde quedó el cuerpo comenzaron a soñar las cenizas, caían grandes trozos de ella desde las altas torres, trozos que se desvanecían y se echaban a volar quemándose y entonces ahí en la garganta oscura calló un silencio eterno.

Nunca la conocí. En ninguna ida ni en ningún regreso. Nunca. Salvo en aquella ocasión en que la vi de espaldas leyendo aquel libro francés. Al acercarme dio un paso adelante y desapareció entre tanta gente.

***

Camille

La dicha, lo confieso, fue haber movido tantos hilos hasta dar con la secuencia de reconocernos en lo desconocido. Haber andado hasta detenerme con una violencia serena ante la figura de esa mujer alta, de carnes delgadas y morenas, de largos cabellos negros como líneas macizas, con dos ojos de oscura miel.

Juro haberme quedado en medio de la nada en la contemplación de esa mujer que leía mientras intentaba huir de esta realidad perversa. En edad, se podría decir que mi buena juventud ha conocido ya de sobra las torpezas con las que se podría enfrentar ella a su tiempo, sus prontos dilemas. No en vano, es bien conocido que no se ponen en la balanza las vivencias propias con las ajenas.

A la mañana siguiente cantaba un ruiseñor y las rosas respiraban dulces gotas de la antigua tormenta. En medio del ajetreo del desayuno he podido escuchar esa primera música de sus labios que lo mismo han dicho halagos como ofensas. Esperaba mientras ella levitando bajaba las escaleras. Poco tiempo después, justo antes de que el sol ardiera, nos encontrábamos ya caminando por el verde jardín observando las frutas frescas. Es cierto que se hallaban deliciosos duraznos y en el aire había un aroma a hierbabuena. Todo esto era poco ante sus ojos cautivadores y esa risa de ámbar ligera y tierna.

Estando el ardiente en lo más alto nos dirigíamos valientes a tratar de descifrar el canto de las sirenas, ¡qué risas entonces! ¡Qué alegría! Me contaba escasamente de la literatura contemporánea y yo, que volvía a ser Robinson, seguía de lejos sus huellas en este tema, pues se sabe que dentro un romántico Eros dirige sus fuerzas, y entrando en un julio en el que el renacimiento de las virtudes y los vicios estaban empezando a discernirse con certeza, había adentro ya un nudo que no aguantaba más preso.

En definitiva, se nos era difícil asimilar en un mismo campo las vanidades con la belleza, aunque, es menester decir, ya cuando había caído la noche me comentaba estar en lectura de La dama de las camelias, y eso hacía que volviera a correr la brisa sobre las flores nocturnas ya abiertas.

—¿Ahora qué nos espera? —dijo mientras bajaba el vestido por sus caderas.

***

Vendaval

No recordaba que en los últimos años hubiera llovido tanto. A mí que tanto me gusta la lluvia, su olor, en los atardeceres, las lloviznas de verano y los colores que quedan después en el cielo, no lo podía recordar. Eso y este esmero en sentir la paciencia y muchas otras cosas que he ido consumiendo de cenizas a fuego, como los ojos de la lluvia de esta noche que se van abriendo.

Ahora un pájaro amarillo de la memoria llega hasta mí, se queda acurrucado entre mis manos, entonces, veo en su claridad al niño de mi infancia, al niño que corre aprisa bajo la lluvia y brinca en los charcos, al niño flaquito buscando su lugar secreto, a mi madre sanando con sus remedios al niño enfermo, al niño persiguiendo unas trencitas que se lleva el viento, lo veo y me sonríe, siempre alegre y contento.

Veo un poco más. Veo uniformes y horarios, ejércitos secretos, azules, blancos y negros. Veo al niño crecido un poco, siento sus complejos, sus miedos, sus ojos en otros ojos ámbar, ese color eterno. Veo largas tardes de lluvia, tardes con el cielo color naranja y rosa y luego un oscuro silencio. Aquellas tardes, aquel invierno enamorado y bueno, aquel frío pasajero, aquel carmín de su beso.

Me viene la clara imagen de una tarde lluviosa, el largo pasillo, el sonido de las 5:20 p.m., el febril bullicio, las flores cayendo lentamente de la jacaranda amarilla del parquecito, ahora unos ojos cafés profundos y un aroma natural dulce como de pequeños frutos rojos y azules, allí una silueta delgada que se aleja muy despacio, que se despide, que se confunde con el ruido, se va, se pierde. En este instante, tiritan sus ojos, cae una tras otra como esa lluvia de otro tiempo.

Le duele, le está doliendo, ¡dile algo, por favor!, a ella también le duele (quiero creerlo). Quisiera poder ir hasta allí, romper el sello y decirles que todo estará bien, que no hay curas, pero que todo el futuro está despierto, que el olvido no es perfecto, que les esperan veranos y caminos y besos, que no crean nunca lo que les dicen del tiempo, acercarme y decirles, aunque en el fondo nada sea cierto.

Cae una gota y el pájaro se mueve un poco. Pasa una brisa y ahora veo a un joven lleno de frío en una ciudad muy lejos. La lluvia incansable que corroe esa realidad y su cementerio, un lugar solitario, un tren que se marcha, siento el sabor amargo de un café, una helada duda dentro de su pecho, puñales con ojos y su desconcierto. Poco a poco, una joven se le acerca, le da lenguaje, pensamiento y tiempo. Cuentan los relámpagos uno a uno y su luz brilla en el firmamento, les vuelven a crecer flores en los dedos, campos llenos de jazmines, doradas azucenas, sus manos en el sexo, el olor a suaves frutos en su cabello y el paladar de uvas en sus besos.

Ella baila pintando el aire y él le recita afrancesado sus versos. Una noche congelada, los árboles no cantan, calla el viento, el alba que llega y en el bolsillo de ella un tiquete de ida sin regreso, una carta que atenúa las imágenes al ir diciendo, el sonido de una puerta que se cierra y la fuerte lluvia que sigue cayendo.

Hace tanto que no llovía así, ahora que lo pienso. El pajarito amarillo sigue acurrucado, voy y lo dejo sobre mi almohada. Ahora me confunde tanta oscuridad, el sonido de las gotazas que cuelgan y caen para siempre y 'tanto miedo' como canta Gardel.

Hago una breve pausa en la respiración para poder darle unos sorbos al té, y no niego que me gusta el curioso sabor a siete azahares en mi boca que se mezcla con este humo como mariposas blancas que lentas se van llevando mis silencios. Quedo, pues, poco a poco amante de esta suave noche que abre sus traslúcidos pétalos mientras caen más gotas y no me muevo y, sin embargo, sé que seguirá lloviendo mientras el sonido de un par de alas que se secan van mezclándose con el momento.

***

Fátima

El rojo del atardecer en las hojas movidas apenas por el viento, un suave arrullo de brisa venía a ratos adormeciendo con silencios. Luces y brillos en mil movimientos sobre nosotros iban lentos hasta donde podían alcanzar los ojos.

El frío de la tarde cayendo. El calor necesario lo encontrábamos en los instantes en que se unían nuestros cuerpos, en el roce, en el táctil reconocimiento, en el momento en el que existe una única piel. Gotas delicadas andaban los mapas de las espaldas y de las piernas. Conforme la intensidad aumentaba, una mano recorría el muslo y la otra se hundía entre las flores del cabello o bajaba hasta acariciar el cuello. El dolor dulce de un labio que ha salido herido en el juego. La levedad de la respiración mantenía en suspensión a los cuerpos, entonces, el suspiro subía inconstante por el pecho, nosotros rodando envueltos en giros de un amor joven y fresco.

Los últimos colores apenas suavizaban al cielo y lo que fuese el tiempo ciertamente se detenía cuando nuestros rostros se encontraban de frente e inmersos en la pasión de tenernos, cuando nuestras bocas caían en lo más tibio del anhelo y nuestros brazos tocaban con exquisita fineza del alma al cuerpo. Entonces, nada fuera de nosotros importaba, no importaba aquello en lo que no existíamos, nada, sólo un instante donde unidos y quietos éramos eternos.

Así nos quedábamos, yendo de la tierra al cielo como quien descubre en cada ocasión todo por vez primera. Así, hasta que lejanas voces anunciaban tímidas el invierno.

Quietos, entonces, juntos adivinando en lo alto formas y secretos. Las luces entraban por las hojas que se movían, en el viento quedaban hilitos de tus largos cabellos negros, el olor dulce que da la función del amor, un silencio apacible, los dorados brillos que lograban pasar apenas por los ojos entreabiertos. A pesar de saber que una triste oscuridad se levantaba a lo lejos, nosotros nos sentíamos jóvenes, colmados de vida, tanto y con los sueños despiertos.

¿Recuerdas? ¿O acaso llegó el invierno mucho antes de que pudiéramos volver a encontrar abrigo?

***

Abrazados

En ese instante como un destello, así de claro, comprendí que por más que lo evitemos inevitablemente estamos tan lejos, no sólo por la cronología, pues un par de años no quieren decir gran cosa cuando no se sabe en qué momento se está, sino que estamos muy lejos en la vida, en el espacio, en el tiempo, ese intangible que no tiene inicio ni fin ni memoria. Lejísimos en el mismo universo.

Estamos separados el uno del otro, aunque pueda ver tus ojos abiertos como un par de alas, esos ojos donde habita la vida, pequeñitos y tímidos. Aunque pueda oler tu cabello de flores y pueda degustar una a una las notas de tu suave voz. Incluso cuando pueda sentir el leve tacto de tu piel y coincidamos exactos en este presente, pese a que estemos irremediablemente cerca.

No bastan todas mis fuerzas para romper los cristales que se han puesto para resguardar los mundos. Romper esos cristales como se rompen las estrellas. Todas mis fuerzas no bastan, a pesar de haberme liberado de todas mis necesidades, si no las acompañas con las tuyas. No serían nada si mi esencia jamás llega a concordar contigo.

De verdad, es abominable tener que hablar así cuando creemos ser capaces de romper todos los cristales, cuando suponemos lograr atravesar constelaciones hasta lograr llegar al punto finito del infinito y tener que asumir que el esfuerzo consumido haya sido en vano. Si no somos capaces de aceptar que estamos tan lejos, entonces habrá que buscar un remedio, un hilo de luz que nos conduzca no a un centímetro más cerca, sino que nos lleve a ese estado, que se parece al eco del silencio, donde se armonizan los seres en la perfección de la cercanía. Y todo esto para sentir por fin lo que necesitamos: un abrazo.

***

Rompo y sangro

Hoy que esto canto será luego el manso recuerdo de antiguos años, donde mi primera juventud produjo al corazón los primeros daños: vivencias de alegrías y de llantos, la sombra de una mujer reposando a mi lado, el correr tras puertas abriéndose a mi paso, de despedidas y de infinitos abrazos, de verdades, traiciones y de engaños, todo minuciosamente separado en el mismo pliegue de un remanso.

Se dibujarán días de flores, atardeceres, besos y mieles en donde en mi hielo abrasador, mi fuego helado, añoré el calor de unas manos, mientras perdido en la ciudad recordaba romanceros y los carozos de los duraznos.

Será amargo volver a aquellos ojos del instante en que despertamos; comprendiendo, entonces, que ha de ser lo mejor que pudo habernos pasado. Para cuando eso, seremos otros, otros proyectos, nuevos retoños, mares de azul profundo en los que embarcarnos, y cuando el breve destello de aquel entonces vuelva a pasar por el corazón, estarán los más hermosos ojos mirándonos.

Esto vendrá, es pues desde la indescriptible fe y el valeroso sacrificio que recorre por mis venas, que canto. Y cuando confusas ilusiones, que dieron intranquilidad y enfermedad, irán falleciendo donde habita el olvido como coloridas flores en un inmenso campo donde el viento sopla ligero al requiescat descanso.

Mas hoy, Corazón, que a ti canto, que es para mí vuelta a mi propio canto: Vendrán tiempos dorados, pero, Corazón, hoy rompo y sangro.

***

fin

Editorial Eva se desvive por su comunidad lectora, por lo que estaremos a la espera de tus comentarios, sugerencias, entre otros.

email: editorialevapap@gmail.com

Editorial Eva
Las hermanas Argueta
(L.H.A.)
Heredia,
Costa Rica.